प्रतिबिम्ब

कान्ता अग्रवाल

सन्मति पब्लिशर्स एण्ड डिस्ट्रीब्यूटर्स

ISBN: 978-93-883657-4-1

प्रकाशक
सन्मति पब्लिशर्स एण्ड डिस्ट्रीब्यूटर्स
बी–347, संजय विहार,
मेरठ रोड, हापुड़–245101 (उ0प्र0)
website : www.sanmatiindia.com
email: sanmati555@gmail.com
मो. 8439645104, 07302710291

प्रथम संस्करण : 2019

मन की बात

एक लेखक या कवि हृदय से अति संवेदनशील होता है। वो अपनी कल्पना में अपनी हर एक संवेदना, जो उसके चारों और बिखरी होती है, उसे पूरे एक चरित्र के रूप में जी लेता है और फिर जो भाव मुखरित होते हैं वो क़लम के सहारे कागज पर एक रचना की प्रस्तुति करते हैं।

ऐसे ही कई चरित्रों को मेरे मन-मस्तिष्क ने भी जीया है, महसूस किया है। मैंने जीया है नारी की कई रूपों को, माँ की व्यथा, पत्नी का प्रेम या प्रेमिका की गाथा, स्त्री होने का दम्भ, सब जीया है मैनें और तब बन पड़ी कुछ कविताएँ।

जब भी मैं कवि गोष्ठियों में गई, लोगों ने मेरी कविताओं को सराहा और मुझे प्रेरित किया एक पुस्तक निकालने के लिए; परंतु न जाने क्यों मुझे मेरी रचनाएँ कभी भी उत्कृष्ट दर्जे की नहीं लगीं।

मेरी प्रेरणा का मुख्य स्रोत मेरे ससुरजी, स्वर्गीय सत्यनारायण अग्रवाल (मानकाचर निवासी) रहे हैं। आज वो हमारे बीच नहीं है फिर भी अपनी इस बहू की छोटी सी उपलब्धि पर मुझे वे आशीर्वाद देते दिखाई दे रहे हैं।

लोगों ने मुझे मेरी क़ाबिलीयत से ज़्यादा इज़्ज़त बख़्शी, उसके लिए मैं सबकी बहुत आभारी हूँ। पर अब मैंने फ़ैसला ले लिया है कि मैं अपनी भावनाओं को शब्दों का रूप देकर आपके समक्ष रखूँ। ये मेरा पहला प्रयास है, आशा है सदा की भाँति आप मेरे प्रथम काव्य संग्रह **'प्रतिबिम्ब'** का स्वागत करेंगे और भविष्य में मेरा मार्गदर्शन भी..

- **कान्ता अग्रवाल**

अभिमत

कान्ता अग्रवाल का प्रथम काव्य संकलन 'प्रतिबिम्ब' पढ़ते हुए युवा कवयित्री की बहुआयामी प्रतिभा से परिचय मिलता है। इस संकलन में शामिल की गई कविताएं वर्तमान समय और समाज का सजीव चित्रण प्रतीत होती हैं। यह स्वाभाविक है कि कवयित्री ने वर्तमान युग के अन्याय, उत्पीड़न, वर्गभेद और तमाम सामाजिक विसंगतियों को महसूस किया है और उनका संवेदनशील मन ऐसे परिवेश से आहत होता रहा है। उन्होने अपनी कविताओं में समय और समाज को प्रतिबिम्बित करने का प्रयास किया है। इस लिहाज से देखा जाये तो संकलन का शीर्षक 'प्रतिबिम्ब' सटीक लगता है। अपनी कविताओं के माध्यम से कवयित्री कई तरह के सवाल भी पूछती हैं और संकटग्रस्त मानवता को देखकर उनके मन में जो पीड़ा उभरती है, उसे भी शब्दों के माध्यम से व्यक्त करती है। उन्होने दैनंदिन जीवन के चित्र भी कविताओं में व्यक्त किया है। असल में कविता कवि की डायरी होती है। वह अपने इर्द-गिर्द घटने वाली घटनाओं को कविता के तौर पर दर्ज करता जाता है। इस संकलन की कविताओं में भी हम मौजूदा दौर की त्रासदियों का चित्रण पाते हैं।

देश के हालात को कवयित्री संजीदगी के साथ महसूस करती हैं और विसंगतियों के खिलाफ अपने गुस्से का इजहार कविताओं के जरिये करती हैं। नारी मन की अनुभूतियों को कवयित्री ने कई कविताओं में प्रस्तुत किया है। नारी जीवन के हर क्षेत्र में आगे कदम बढ़ा चुकी है मगर दक़ियानूसी सोच रखने वाले समाज ने आज भी नारी को उसका उचित स्थान नहीं दिया है। दहेज प्रथा का कलंक खत्म नहीं हो पाया है। दूसरी तरफ देश भर में अनगिनत निर्भया को वहशी पुरुषों की बर्बरता का शिकार

होना पड़ रहा है। नारी की असुरक्षा को कवयित्री भी महसूस करती हैं और अपनी कविताओं के जरिये ऐसे हालात में भी मौजूदा दौर की त्रासदियों का चित्रण करती हैं और उनका प्रतिवाद भी करती हैं।

संकलन में कई छोटी-छोटी भावपूर्ण कविताएं हैं जो गागर में सागर की तरह हैं। कम शब्दों में अधिक सारगर्भित बातें कह देना कवयित्री की विशेषता है। मुझे विश्वास है कि पाठकों को यह पुस्तक पसंद आएगी। मैं कवयित्री के उज्ज्वल भविष्य की कामना करता हूँ।

- **दिनकर कुमार**

पूर्व संपादक

हिंदी सेटिनल, गुवाहाटी

अनुक्रमणिका

माँ की ओर देखो

रोटी और कपड़ा देकर क्या
हो गया दूध का कर्ज अदा
माँ के चेहरे की झुर्रियों में भी
क्या तू झाँका करता है यदा कदा?
याद है क्या कब तूने
माँ की गोदी में था सर रखा?
कब पूछा था तूने उससे
माँ क्या कुछ चाहती है मुझसे?
माँ बैठी है गुमसुम सी
ज्यूँ लाचार और बेसहारा
घर के निर्जीव फर्नीचर सा
तूने है उसको पाला
रोज सुबह जब तू
काम पर है जाता
क्यूँ नहीं तू उसको
दो शब्द बतलाता?
सूख गए हैं होंठ उसके
नि:शब्द हुआ कंठ जाता
माँ की इस पुकार को
क्या तू सुन नहीं पाता?
सब कमरे में बंद रहते हैं
घर में जैसे मातम छाया

लौट शाम जब घर आता तू
माँ सोचती, चलो बेटा आया
आँख लगाये दरवाजे पर
वो हरदम बैठा करती
पर तुम उस ओर नहीं देखते
फिर भी वो कुछ न कहती
तुम सीधे चले जाते हो
बिलकुल भी नहीं पछताते हो
बीबी–बच्चों को लेकर के
रोज शाम घुमा लाते हो...
याद करो बचपन तुम्हारा
माँ का आँचल था कितना प्यारा
तुम्हें खिला-सुला कर ही
उसके गले उतरता निवाला
मनवाने को तेरी जिद
न जाने वो क्या क्या सहती
इच्छा उसकी सभी अधूरी
तेरा जीवन था उसकी धुरी
अब तुम्हारी बारी आई है
पर तुम सब बिसरा बैठे हो
माँ को अपने घर में रखकर ही
सारे कर्त्तव्य भुला बैठे हो...
तू शायद गौर नहीं करता है
माँ की आशा का दीप बुझा जाता है

माँ कुछ भी नहीं माँगेगी तुझसे
तू उसको क्यूँ नहीं बतलाता है?
कैसी हो माँ, खाना खाया क्या?
नींद तुम्हें कल आई थी न
ये तीन वाक्य भी यदि बोल लो
माँ की तृप्ति हो जायेगी
उसकी ममता भरी छाती उसे
रात भर न रुलाएगी...
अब भी वक़्त है संभल जाओ
हो न जाए कोई बड़ी खता...
माँ के चेहरे की झुर्रियों में भी
झाँका कर तू यदा-कदा
झाँका कर तू यदा-कदा...

गाँव का शव

मुझे जाना है मेरे गाँव
मुझको जाना है मेरे गाँव

बहुत याद आती है अब
पीपल की वो ठंडी छाँव
उस छोटी सी पगडण्डी पर
घूमा करते थे सुबह और शाम..
बहती है इस नदी वहाँ
ठंडी सी चलती है फुहार...
लौटा दो मेरे बच्चों मुझे
मेरे बचपन की वो बहार...
आँगन में पानी भर जाता
चलाते थे कागज की नाव...
मेरे बच्चों ले चलो मुझे
मेरे बचपन के उस गाँव

पीपल की छैयां तले
घंटों हम बतियाते थे
पड़ोसी के घर में ही
सारा दिन बिता आते थे
सुबह उठ जब हमें हमारी
सूरजमुखी बुलाती थी

अपने थन की तेज धार से
हमें बड़ा लुभाती थी
आम और जामुन के पेड़ों बीच
अपनी भूख भूल जाते थे
लौट शाम जब घर आते तो
माँ की फटकार पचाते थे
इक छुट्टी में हमने भी
प्रोग्राम गाँव का बना लिया
दादाजी की बूढी हड्डियों में
नवजीवन संचार हुआ...
बच्चों से हो गए मेरे दादा
गाड़ी में जाकर बैठ गए
सपनों के उड़न खटोले में
पल भर में उड़ कर खो गए...
देर शाम जा गाँव पहुँचे हम
थक हार कर सो गए
सुबह उठे तो दादा बोले
अरे यहाँ क्यूँ ठहर गए?
हर गलियारे में शहर बसा यहाँ
शोर में भी है सन्नाटा
मुर्गे की वो बांग नहीं है
न बकरी का मिमियाना
यह ऊँची सी दीवार और
न पड़ोसियों का आना-जाना...

यहाँ बड़ा सा बाँध बंधा है
सब कुछ है ठहरा ठहरा
ये तो मेरा गाँव नहीं है
चारों ओर पुलिस का पहरा...
जब चलते चलते निगाह गई
लिखा था वहाँ "हरिपुरा"
अब दादा सब समझ गए
सपना था बिखरा-बिखरा
विकास की सीढ़ी चढ़ते चढ़ते
हमारा फिसल गया है पाँव
अब नहीं मिलेगी हमें
पीपल की वो ठंडी छाँव
लौट चलो अब मेरे बच्चों
क्यूँ मेरा भ्रम टूट गया
जी पाऊँगा अब मैं कैसे
ये जो भारी बोझ लिया
अनुभव कर रहा हूँ मैं
टूटे साँसों का स्पंदन अब
ढोकर लेते जा रहा हूँ
मेरे प्यारे गाँव का शव...

हे कृष्ण! तुम कब आओगे?

हे कृष्ण, तुम कब आओगे?
क्या इस युग में भी तुम
किसी अर्जुन के सारथी बन पाओगे
हे कृष्ण तुम कब आओगे?

ये किन हाथों में तूने
थमा दिया सुदर्शन
यहाँ तो सारे ही बन बैठे हैं
दुशासन और दुर्योधन
हे कृष्ण तुम कब आओगे...

कब तक युधिष्ठिरों के धर्म को
चौपड़ में हरवाओगे
क्या अब भी लाक्षागृह से
पांडवों को बचा पाओगे?
हे कृष्ण तुम कब आओगे...

और कितने धृतराष्ट्र करेंगे
इन्द्रप्रस्थ पर शासन
क्या कभी कोई अभिमन्यु
कर पायेगा चक्रव्यूह का भेदन?
हे कृष्ण तुम कब आओगे...

क्या अब भी भीष्म पितामहों को
देना होगा दुर्योधनों का ही साथ
क्या अब भी उन्हें मिलेगी
मृत्यु शैय्या बाणों के साथ?
हे कृष्ण तुम कब आओगे...

कब तक अज्ञातवास
मिलता रहेगा पांडवों को...
कब तक वृहनला बना
अर्जुन को नचवाओगे?
हे कृष्ण तुम कब आओगे...

क्या तुम्हारे कानों तक जाती नहीं
अब द्रौपदियों की पुकार
या फिर कलियुग में हे कृष्ण
तुम पर भी छाया है कोई खुमार?
हे कृष्ण तुम कब आओगे...

क्या सच में खौफनाक है इतना मंजर
या गांधारी के श्राप से, तुम्हें भी लग रहा डर
कौन करेगा अब इन कंसों पर प्रहार
क्या तुम्हें भी किसी संशय ने लिया है हर?
हे कृष्ण तुम कब आओगे...

आज की महाभारत तो
कर देगी और भी विचलित
अब तो दोनों ओर कौरव ही कौरव
हो रहे चर्चित...
किसे तुम धर्म अधर्म की बात बताओगे
किसे तुम कर्म का पाठ पढ़ाओगे?
हे कृष्ण तुम कब आओगे...

फिर भी तुम्हें तो आना होगा
अपना धर्म निभाना होगा...
यहीं से पांडवों को चुन-चुन कर
इतिहास पुनः दोहराना होगा...
पुनः इतिहास दोहराना होगा...

भूकंप

न गिरा पाए जिन दीवारों को हम कल तक
न पाट सके जिन फासलों को अब तक
बस कुदरत की दरार
ढह तो गयी हैं दीवारें
अंदेशा है मिट जायेंगे
अब ये फासले भी शायद...

किसी ने गिराए मंदिर, तबाह किसी ने की मस्जिद
कुदरत का कहर सबब जब, हिन्दू बचा न मुस्लिम
मुस्लिम को आग जला गयी
हिन्दू हो गया दफन
हम थे जंजीरों के दायरे में
न भस्म मिली, न मिला कफन...

जो जिन्दा निकला था हिन्दू
उसके सीने पे कुरान गिरी थी
गीता के ऊपर बची एक
मुस्लिम की जान मिली थी...
कुचली लथपथ लाशों की
शिनाख्त न कर पाए हम-तुम
न तुम पहचाने हिन्दू
न हम पहचाने मुस्लिम...
दिखाए ऐसे मंजर, वो करता रहा इशारा
पर हम संभले न तुम, आखिर इंसा से क्यूँ वो हारा?

आवाम की रूह

मैं हूँ रूह
इस देश के आवाम की
इक आम आदमी की...
मेरी आवाज उठी थी
शंख नाद सी...
मस्त हो
विजय के उन्माद में
गली-गली, कूचे-कूचे में
गूँज उठी थी
कोयल की कुहूक सी
बुलंद रहने की
बुलंद आशा भी थी
ठीक 57 वर्ष पूर्व
उस मध्य रात्रि में
कितना कुछ दफना दिया था,
मजहबी खूनी छीटों की,
दाग लगी वो यादें...
कुछ पुराने पड़ोसियों से किये
साथ निभाने के वादे...
मेरा गला रूंध रहा था,
मैं छाती पीट पीट कर
रोना चाहती थी...

मैं हिन्दू या मुसलमान
किसी को भी न
खोना चाहती थी...
क्यूँकि...
मैं हूँ रूह
इक आम आदमी की...
सोचा था,
इसे इतिहास में
कुरबानी के नाम का
अंतिम पन्ना बना देंगे...
आगे आने वाले
रामराज्य की,
सुखद कल्पना में...
बूढ़ी हो बच्चों को
बलिदानों की गाथा
सुनाने की चाह में...
आगे सब 'कुशल'
सब 'मंगल',
पाने की चाह में...
हर पाँच साल के बाद
मैं फिर नए जोश से
भरती रही...
बार-बार गिराई गयी
पर फिर भी,

क्षीण होती शक्ति को
समेट मैं उठती रही...
क्यूँकि...
मैं रूह हूँ
इक आम आदमी की...
पर अब वो 'सपना'
बन कर के इक 'डर'
मेरी आँखों में अब
कर गया है घर...
नीचे अब गोश्त का
बाजार सजा है...
मेरे साथियों की रूहों का
अम्बार बढ़ा है...
फ़ैल रही है दुर्गन्ध
कोई तो संभालो इसे
गहरा रहा अँधेरा
कोई तो बचा लो मुझे...
इस असीम अँधेरे में
कौन रौशनी लायेगा...
कौन नई आशा की
मशाल अब उठाएगा...
इन तीन रंगों को
फीका पड़ने न दो तुम,
मेरे इस डर को

मुझे निगलने न दो तुम...
अब जप लो
ऐसा कोई मंत्र
सही मायने में...
मेरा देश
बन जाये 'गणतंत्र'...

मेरा प्रवाह होगा जरूर

चौदह सितम्बर 1949 को
एक प्रस्ताव यह आया
सर्व सहमति से हिंदी को
प्रशासन की भाषा बनाया
क्योंकि...
अंग्रेजी ने दिया हमें बहुत कुछ
बहुत है उसका अनुदान
पर स्वदेशी भाषा के बिन
कोई देश नहीं बनता महान...
पर
15 वर्ष के बाद भी जब
वो स्वर्णिम घड़ी थी आई
65 के मद्रास आन्दोलन ने
धज्जियाँ मेरी उड़ाई
भाषा की राजनीति में
उलझ गई हमारी आशा
और पूर्ण रूप से न
बन पाई मैं राजभाषा...
भोली भाली जनता से आग लगवाई
मेरी आँख शर्म से झुकवाई
संकल्प करने चले वो क्षीण
पर मैं तो हूँ तुम्हारी आत्मा

इसलिए न हुई विदीर्ण...
गलती हो गई शायद हमसे
असमिया से बनाया असम
बंगाली से बंगाल बनाया
और राजस्थानी से राजस्थान
काश कि तब बनाते हम सिर्फ
हिंदी से प्यारा एक हिंदुस्तान...
मुझसे अपनत्व का अहसास जताया
फिर से मुझे ऊँचा उठाया
इसलिए तुम सब ने मिलकर
एक हिंदी दिवस बनाया
हिंदी दिवस सप्ताह बन आया
सप्ताह बना एक पखवाड़ा
खुश हूँ मैं, आज मुझे
महीने भर भी मना रहा देश सारा...
एक छोटे से बुद्धू बक्से ने
घर घर में मेरा किया आह्वान
अब तो सबके होठों पर मैं हूँ
बूढ़ा, बच्चा या हो जवान...
परख चुके अब देश विदेश भी
मेरे स्वर ध्वनि की गुणवत्ता
मेरी नागिरी लिपि सबसे शुद्ध
और अद्वितिया वैज्ञानिकता...
क्या मैं तुम्हारा मानूँ अहसान

तुमने दिए मुझे नए आयाम
अब न मुझे बोलो बेचारी
गूगल में भी मेरी पहुँच है भारी...
अब मैं हूँ कंचन सी खरी
59 वर्ष ताप कर मैं निखरी
पतझड़ तो मिट जायेगा
बसंत जरूर हैं आएगा...
चीनी, कोरिया और जापानी भी
करते सारे ज्ञान का अनुवाद...
क्यूँ न हम भी ढूँढ डालें
ऐसा ही कोई समाधान...
शासन-प्रशासन विधि नियमों में
ले जाना शिक्षा के उच्च संस्थान
अब मेरी और हिंदी न करना
दे दो मुझे मेरा स्थान...
आओ ऐसा कुछ करें तैयार
नव पीढ़ी करे हिंदी से प्यार
भारी-भरकम शब्दों को छोड़
सरल हिंदी का करें प्रचार...
यात्रा है अभी अधूरी
मंजिल शायद दिखती दूर
पर ये असाध्य नहीं है
मेरा प्रवाह होगा जरूर
होगा मेरा प्रवाह जरूर...

फासला शहर–शहर

गर्मी में तुम्हारे माथे पर उभर आयी
पसीने की वो नन्ही बूँदें
और उन्हें करना मेरे पल्लू से साफ़
हमारा वो एक कमरे का घर
जिसमें होते थे हम चारों साथ
टीन की छत पर पड़ती
बारिश की रिमझिम वो आवाज
सताती रहती है मुझको
हर वो छोटी छोटी बात
ठण्ड में सरक पड़ी तुम्हारी चादर
और उसे उठा देने वाली रात
सोने चाँदी तले दब नहीं सकती
नाजुक मन की ये नाजुक बात
देख मेरी आँखों में दो आँसूं
व्याकुल हो बैठाते तुम अपने पास
लेटा कर अपनी गोद में तुम
थाम लेते थे मेरे हाथ...
न खरीदती कभी मैं साड़ी
न थी हमारे पास कोई गाड़ी
फिर भी मन में उमंग और आशा
सोचा न था मन रहेगा प्यासा...
समय का पहिया घूम गया

घर हमारा बड़ा हो गया
सब कुछ चार कमरों में बंट गया
फासला फिर चार मंजिला
और फिर शहर-शहर हो गया...
तुम मेहनत करते दिन और रात
तुमसे होती सिर्फ टेलीफोन पर बात
पता ही नहीं चला इन सब में
कब छूट गया हमारा साथ...
तुम्हारी दिनचर्या में आया बदलाव
न उसमें था कोई ठहराव
और यूँ ही अब तो पहुँच गए
हम जीवन के अंतिम पड़ाव...
अब तो आँखों से बदरी
बहती रहती है दिन रात
पर उसमें रहता सिर्फ
मेरे अंधेरों का ही साथ...
थोड़ी सी खाँसी भी होती
जमा हो जाते डॉक्टर सात
पर मेरे सिरहाने पर
ढूँढती हूँ मैं तुम्हारा हाथ...
कब छज्जे पर आइसक्रीम खाएंगे
प्रिय कब भीगेंगे हम साथ-साथ
क्या तुम लौटा पाओगे मुझे
सुकून के दिन और चैन की रात...

क्या लिखूँ चिट्ठी तुम्हें
कैसे भिजवाई तुम्हें पैगाम
क्यों लगता हैं तुमको इससे
हो रहा समय बर्बाद...
सपने मेरे खाली सारे
आँखों में कट जाती रात
इस जन्म को यूँ निभाया
क्या करूँ सात जन्मों की बात...
चल पा रहे हो तुम कैसे
कर के मुझे दरकिनार
अब तो मान चुकी हूँ मैं
अपने इस जीवन से हार
अब तो रिश्ता रह गया है
बस बनकर के एक नाम
क्यों तुम समझ नहीं पाते हो
मेरी हर कही यही बात...
मेरे बालों की बढ़ रही सफेदी
करवटों में सिमटी मेरी रात
क्या मेरी अर्थी को ही दोगे
तुम अपने कांधे का साथ
दोगे अपने कांधे का साथ...

भारत की पाती : देशवासियों के नाम

मैं भारत का आहत दिल हूँ
दर्द से कराह रहा हूँ
इसीलिए सबको
आइना दिखा रहा हूँ...
मैं साक्षी हूँ
पिछले सत्तर सालों से
कुछ पाने का कुछ खोने का
स्वतंत्र हूँ मैं, गणतंत्र भी हूँ
पर आता नहीं आज यकीं क्यूँ?
याद है आज भी
जनता ने, जनता के लिए
जब बनाई एक सरकार
लगा था सपने सारे
होंगे अब साकार
हाँ-खड़े तो किये हैं स्तम्भ कुछ ऐसे
डटे रहे वो हिमालय के जैसे...
पर इनमें भी जब ज्वालामुखी फूटी
मेरा अस्तित्व हुआ छलनी
मेरी आशा थी टूटी...
संभाला तुम सबने
देकर मुझे प्यार
आतंक हो या भ्रष्टाचार

मानी नहीं कभी भी
मुश्किलों से हार...
हाँ मैं साक्षी हूँ
मैं साक्षी हूँ, इस सफ़र का
चुनौतियों की इस डगर का...
देखो आज भी दोहराया
जा रहा इतिहास
उड़ाने न दो, दुनिया को
मेरा उपहास...
न चलाओ आपस में
शब्दों की तीखी तलवार
आओ हम सब मिल बैठें
मीठी करें बातें दो-चार...
गीत देशप्रेम के गाओ न गाओ
पर दिलों को आपस में मिलाओ
आरक्षण हो या संरक्षण
राजनीति में न इतना उलझाओ...
रास्ते तो निकले हैं...
आगे भी निकल आयेंगे
अगर हाथों में हम
धैर्य की मशाल जलाएंगे...
चलो करें विचारों की हम एक
स्वच्छ श्रृंखला तैयार
सजग रहे जनता, सजग सरकार

प्रहरी बनो देश के, न करो प्रहार...
मेरे सीने पर ये जो मची है हलचल
हर सवाल का निकालें सुंदर एक हल
मैं नहीं कहता तुम मूक बनो
पर सटीक हो, सही हो, अचूक बनो...
मेरे इतने टुकड़े न करो
कि फिर जुड़ न सकूँ
बिखर न जाऊँ इतना कि
फिर सँवर न सकूँ...
अगर हिलोरें खा रही
मेरी यह नाव
कुशलता और कर्मठता से
मोड़ दो हर धार...
कैसे भी हो हालात...
बेहतर हो हमारे, आपसी संवाद...
हे धरती पुत्र
तुम डालो ऐसे सूत्र
पीढ़ी दर पीढ़ी...
रहूँ मैं आबाद...
लिख कर एक कविता...
या गुनगुना कर एक गाना
न कर्तव्यों से, हाथ छुड़ाना...
याद आ रहे हैं मुझे गाँधी, नेहरु
लाल, बाल और पाल

चलो देश में करें शांति बहाल...
क्या हुआ जो
उछाला किसी ने मुझ पर कीचड़
और किसी ने किया
मजहबी दंगों से मुझे लाल...
चलो जोड़ दें इसमें, कागज एक कोरा
उस पर लिखें हम भविष्य सुनहरा...
मतभेद रहे मन भेद नहीं
ऐसी राह बना लें
आओ हम सब मिल कर के
सद्भाव की अलख जगा लें...

अंतिम पड़ाव

सुबह के सूरज में भी अब
पहले सी लाली नहीं होती
मन में अंगड़ाई लेती तरंगें भी
अब तन को छू नहीं पाती,
सपनों की चादर जो
रात भर ओढ़े रखी थी...
सुबह के झंझावत से
तार-तार होने लगी है...
जिन्दगी अब तो भारी
बोझ सी लगने लगी है...
एक कमरे की चार दीवारों बीच
किसी तरह जिन्दगी सरकने लगी है
सबके सिर पर मेरा हाथ था
पर अब मेरे कांधे पर
किसी एक हाथ के लिए
मेरी आँखें बरसने लगी हैं...
जिन्दगी अब तो भारी
बोझ सी लगने लगी है...
पलंग पर सिर्फ तकिये के सहारे
जिन्दगी कट नहीं सकती...
रह रह कर उठती है
उफ्फ! ये चीखें दर्दे जिगर
हलक में ही घोंट कर गला शब्दों का
अब मुझे जीने की नयी लत लगी है...
जिन्दगी अब तो भारी

बोझ सी लगने लगी है...
मैं हूँ सब अपनों के बीच
पर अपनापन तलाश रहा हूँ
अपनों से बेगानों सा एहसास
अब नए से सहना सीख रहा हूँ...
शिकवे-शिकायत किससे करूँ
मेरे हक के लिए मैं किससे लड़ूँ
'हक' जताने का 'हक' भी अब
कायनात छीनने लगी है...
जिन्दगी अब तो भारी बोझ
बोझ सी लगने लगी है...
कल रात ही हमने बुना था
अपनी ख्वाहिशों का ताना-बाना
सपने के सुनहरे पन्ने पर
आँख खुली तो कोई नहीं मिला
जिसे थमाते वो परचा भर...
धुल गयी उन लुढ़कती नन्ही बूँदों से
स्याही हर उस बात की जो, हमने थी लिखी
सारे फलसफे जिन्दगी के
झूठ बन कटघरे में खड़े हैं
न जाने कैसे कैसे सवाल बन
अब ये जवाब ढूँढने लगी है...
सच में, जिन्दगी अब तो भारी
बोझ सी लगने लगी है...
चिलचिलाती धूप को दिन भर
सहते गए हम ये सोच कर
कि शाम भी तो होगी
और मिलेगी हमें भी ठंडी छाया

पर सोच न हमारी सोच सकी
तब तक छूट जायेगा,
हमसे हमारा ही साया...
कि मैं कैद सा हूँ
भावनाओं के शीश महल में
अगर पत्थर भी मारूं तो
किरचें उड़ मुझे ही चुभेंगी...
इसीलिए हूँ शांत बेबस सा
अगर आया कभी तूफ़ान तो
जान लो बस्तियां उजड़ेंगी...
अब तो भारी बोझ सी
लगने लगी है जिन्दगी...
सोचता हूँ, पर सच ये लगता नहीं
मेरी याद में भी कोई जलाएगा दिए कई?
सेंकता रहा शिद्दत से जिन रिश्तों को मैं
पकाता रहा देकर सुहाती सी अलाव
यकीं नहीं फिर क्यूँ जले हुए मिले मुझे
अब तो है मेरा अंतिम पड़ाव...
आज मन बस जरा खट्टा सा है
इसीलिए बाँट ली हैं ये चंद बातें
अक्सर पानी के बुलबुलों की तरह
मिटा देता हूँ जो खयाल ऐसे आते
कमरे की छत और सूनी दीवारों को देख-देख
आँखें अब मेरी पथराने लगी हैं
जिन्दगी अब तो भारी
बोझ सी लगने लगी है...
तमन्ना हुई कई बार छूने की
मेरे मुट्ठी भर आसमाँ के तारों को...

पर हाथ उन तक पहुँचता ही नहीं
बस संतोष कर लेता हूँ उन्हें चमकता देख ही...
मेरे शब्द दीवारों से लौट कर
बार-बार मुझसे ही टकराते हैं
टूट कर अब वो संवरते नहीं हैं...
नियति है उनकी तो सिर्फ बिखरने की...
मैं तो बस मुट्ठी में बंद रेत ज्यूँ
धीरे-धीरे फिसल रहा हूँ...
एक दिन बिना छन्न की आवाज के
मेरी शाम का सूरज डूबेगा...
बस अब तो हर घड़ी
यही बात सताने लगी है...
जिन्दगी अब तो भारी
बोझ सी लगने लगी है...

अगर तुम न होते

तुम ही हमें,
करते हो घायल
तुम्हीं से होते हम
किसी के कायल...
तुमसे ही बुना है
सारा ताना-बाना
तुमने ही सिखाया
कौन पराया, कौन है अपना...

अगर तुम न होते तो
गूंगा बेजुबान न कहलाता
जुबान वाला फिर
इतना न गुर्राता...
किसी की प्रशंसा में
कोई बनावट न होती
बनावटी बातों से रिश्तों में
कड़वाहट न होती...
किसी का "अल्लाह" न होता
किसी का "ईश्वर" न होता
कोई "हिन्दू" न होता
कोई "मुसलमान" न होता...

न कोई चिट्ठी होती
न कोई तार होता
किस ने किस को क्या कहा
दिल को इसका सरोकार न होता...
आँखों से कोई बोलता
और दिल से कोई सुनता
अर्थ कुछ होता न होता
पर अनर्थ तो न होता...
इन्तजार हम ताउम्र
उन्हें समझने की करते
पर दिल तुम्हारे तीखेपन से
तार तार तो न होता...
तुम जुबान से निकले न होते
तीर की तरह सीने में चुभे न होते...
हे शब्द!
अगर तुम न होते
तो मैं वक्ता न होती
ये श्रोता न होते
ये कविता न होती
ये कवि सम्मेलन न होता...
अगर तुम न होते
अगर तुम न होते....

इक संग्राम बाकी है

एक संग्राम खतम हुआ और इक संग्राम बाकी है..
उठो रणबांकुरों देखो, कुछ कर्ज चुकाना बाकी है।
बहुत हुई अब ये साज़िश, राज खोलना बाक़ी है
जनतंत्र की इस शाख़ पर, बसंत लहराना बाक़ी है।
एक संग्राम ...

ताक रहे बेबस बालक, यह भूख मिटाना बाकी है
सोते जो मखमल के ऊपर, टाट दिखाना बाकी है।
बहुत रो चुके हैं छुप छुपकर, आवाज़ होना बाक़ी है
अब ऐलाने जंग हो , ऐसी बात होना बाक़ी है।
एक संग्राम...

गुमसुम और भयभीत नजारे, खलबली मचाना बाकी है
झूठ छिपा नकली सच में, तस्वीर दिखाना बाकी है।
भारत में जब जनम लिया, धर्म निभाना बाकी
मनुज हुए पर अभी तक, प्रमाण दिखाना बाकी है।
एक संग्राम...

घुटते सीले जज्बातों को, धूप दिखाना बाकी है
बंजर अरमानों के उर तक, गंगा पहुँचाना बाकी है।

घिसा-पिटा बहुत चला, नई शुरुआत होना बाक़ी है
बाँध कफन, बदल पैतरे, नयी चाल दिखाना बाक़ी है।
एक संग्राम...

पलकों पर उठाने वालों की, साख होना बाक़ी है
चौराहों पर हल्ला बोल, हुंकार होना बाक़ी है
ख्वाइशों की ऊँची उड़ान से, प्रतिबंध हटाना बाकी है
हम भारत के खरे सपूत हैं, विश्वास दिलाना बाकी है।
एक संग्राम ...

रोटी

कहते हैं तू किसी को आधी मिलती
तो किसी को मिलती है पूरी
कोई आराम करके भी तुझको पाता
तो कोई करके दिन भर मजदूरी...
कहीं तो निवाले भी कम पड़ जाते
कहीं कचरों के डब्बे भर जाते
किसी ने खून देकर है तुझको पाया
किसी ने दूसरों का खून है बहाया..
सुना है...
तूने बहुतों को मुजरिम बनाया
लोगों को सलाखों के पीछे पहुँचाया
रोटी अब तू कटघरे में खड़ी है
क्या वाकई तू इतनी सरफिरी है?
ये सुनकर रोटी बिफर पड़ी
जोर-जोर से सबके सामने रो पड़ी
करो न मुझ पर इतना अत्याचार
मुझे न बनाओ अपने पापो का हिस्सेदार
दो रोटी के लिए नहीं करते तुम बवाल
ये नहीं है सिर्फ पापी पेट का सवाल...
तुम्हारे अन्दर जो बैठा है शैतान
मैं नहीं वो दुष्कर्मी हैवान
कर के देखो काम, क्रोध, मद, लोभ का त्याग

मिलाओ श्रम के लिए ईमान से दोनों हाथ
रोटी निभाएंगी आजन्म तेरा साथ
मान लो अगर तुम मेरी छोटी सी ये बात
मान कर तो देखो मेरी इतनी सी बात...

मैं हूँ एक आम आदमी

मैं हूँ एक आम आदमी, सुनो मुझे सब खास आदमी
हूँ तो मैं आम, पर हूँ बहुत ही खास
क्यूँकि मेरे ही काटे जाते हैं हाथ
पर मुझसे ही रचा जाता है इतिहास...

शाहजहाँ का ताज कुछ खास नहीं होता
अगर ये आम आदमी, आम नहीं होता...
आम के ही वोटों से, बनती है सरकार
फिर भी आम ही भेजा जाता है कारागार...

आम ही तो सारे चक्कों को चलाता है
पर वही अंत में घुन की तरह पीसा जाता है
पत्थरों को ढोकर आम, पक्की सडकें बनाता है
उन पक्की सड़कों पर, वही कच्चा मारा जाता है...

मैं ही खेतों में हल चला, अनाज उगाता हूँ,
मैं ही कभी भूखे पेट तो कभी, आत्महत्या कर सो जाता हूँ...
खास जो तुम 'खासियत' पर इतना इतराते हो
मेरे हटते ही तुम, औंधे मुँह गिर जाते हो....

मेरे बिन तुम कुछ भी नहीं हो 'खास'
क्या चल पाओगे मेरे बिन दो दिन और दो रात...?
मैं हूँ एक आम आदमी...

मैं हूँ

मैं कोई नहीं
मैं कुछ भी नहीं,
मैं अस्तित्व विहीन
तुम सबमें विलीन
मेरा अब नहीं
है कोई रंग
मेरा अब नहीं
है कोई सुर
मैं कोई नहीं
मैं कुछ भी नहीं
मैं तुम में,
मैं तुम सब में
नहीं मेरे सपने
हैं अब अपने
मेरे सारे अपने
ही है मेरे सपने
न कोई चाहत
न कोई तमन्ना
मैं कोई नहीं
मैं कुछ भी नहीं
कब बीते दिन
कब आये रैना

हँसती हूँ तुम सब के लिए
फिर भी रुलाते हो
सबकी मैं सुनूँ
मेरी न कोई सुनता
मैं कोई नहीं
मैं कुछ भी नहीं
तुम सब आगे बढ़े
और ऊँचे चढ़े
मैं परदे के पीछे
खड़ी खुश रही
मैं दिखती हूँ
कितनी निर्बल
पर, तुम निश्चिन्त हो
मेरे ही बल पर
मैं कोई नहीं
मैं कुछ भी नहीं
जब कोई पूछता
ये क्या करती
सब कहते
कुछ नहीं
कुछ भी नहीं
क्योंकि
मैं डॉक्टर नहीं
इंजीनियर नहीं

किसी ऊँचे ओहदे पर
आसीन नहीं...
पर मैं हूँ,

हाँ मैं हूँ
तुम अगर मानो
तो इस नाव की
एक पतवार हूँ मैं
तुम्हारे कवितामयी जीवन की
मैं ही कविता हूँ
तुम्हारे सारे सुखों की
बहती हुई सरिता हूँ
ऊँची उठती लहरों से
मिलती ठंडक हूँ मैं
दुखों की धूप में
तुम्हारी छाँव हूँ...
मैं हूँ, हाँ मैं हूँ
मैं सब हूँ
सब कुछ हूँ
इधर-उधर
न जाऊँ बिखर
संभालो मुझे
इसी पथ पर

क्योंकि
मैं हूँ
तो तुम हो
मेरे बिन तुम
कुछ नहीं
कुछ भी नहीं
मैं हूँ
हाँ, मैं हूँ
तुम्हारी अर्धांगिनी
तुम्हारी सर्वान्गिनी
तुम्हारी अपनी- "गृहलक्ष्मी"

व्यथा

कितनी ताजा है वो याद
सब कुछ जैसे कल की हो बात
कैसे दीवाने हो उठे थे
तुम मुझे पाने को
अपना बनाने को...
किस किस को बता के
अपनी बात मनवा के
कितने अरमानों से लाये थे
मुझे अपनी गाड़ी में बैठा के
ख़ुशी से तुम पागल थे
मुझे अपने घर में सजा के...
तुम, कभी मुझे तो कभी
अपने घर को निहारते
सुबह और शाम
आते या जाते
अपने भाग्य पर इतराते
मुस्कुराते, मुझे सहलाते
घर के अलग अलग कोने में
मेरे साथ अपनी
तस्वीरें खिंचवाते
फिर उन तस्वीरों को
अपने एल्बम में सजाते

कभी लाल, कभी पीले
तो कभी सफ़ेद फूलों से
मेरा अभिनन्दन करते
कभी कोमल स्पर्श,
तो कभी आलिंगन में भर लेते
सब मेरी प्रशंसा करते
तुमसे ईर्ष्या करते
और तुम मेरे स्वामी होने के
गर्व से भर उठते
पर अब, सब कुछ
कितना बदल सा गया है
तुम वही हो, घर भी वही
और मैं भी वही
पर अब तुम मेरी ओर
देखते ही नहीं
यादों की परतों तले
मेरा वजूद ही दब गया
अब मैं पहले सा नहीं
घर में बाकी सब आगे
मैं पीछे पड़ा रह गया
बासी फूलों के साथ
मैं मुरझा गया
धूल धुसरित हो गया
मेरी वो मोहनी सूरत

हाँ ! वो भी तो न रही
जिस पर तुम
मुग्ध हुआ करते थे
कल तो हद ही हो गयी
तुम्हारे पाँव की एक ठोकर लगी
और मैं गिर पड़ा
पर तुम आगे निकल गए
पीछे मुड़ कर देखा भी नहीं
उस सन्नाटे में भी
टूटने की आवाज भी न सुन पाए
न सहारा दिया, न उठाया
तुम भूल चुके थे...
मैं शीशे का बना था
मेरे टुकड़े-टुकड़े हो गए
मैं जा रहा हूँ
तुम्हारे घर से, तुम्हारे जीवन से...
मेरी वो तस्वीरें जिन्हें तुम
कागज के ढेर तले दबा चुके हो
शायद उन्हीं में तुम
फिर कभी मुझे ढूँढ पाओगे-
पर क्या? तब मेरी
निर्मम हत्या के इल्जाम से
तुम सिहर नहीं जाओगे?
काश कि तुम अपनी

थोड़ी सी छुअन
मुझे दे पाते
धूल की परतों को
अपने हाथों से सरका देते
मेरे अस्तित्व के थोड़े भी
होते तुम कद्रदान
मैं ही होता आज भी,
तुम्हारे घर का...
सबसे कीमती सामान...
मैं हूँ तुम्हारा
सबसे आलीशान
क्रिस्टल से बना
वो पुराना "फूलदान"...

समीक्षा

आओ हम सब मिल कर सोचें
हमने क्या खोया क्या पाया है

मानवता को मानव से खींच
कंप्यूटर मानव बनाया है
शहनाई की गूँज को खोकर
पॉप म्यूजिक बनाया है
शीतल हवा के झोंकों को खोकर
एसी रूम सजाया है
आओ हम सब मिल कर...

ऊँचे पर्वत शिखरों को खो
ऊँचे महल बनाये हैं
जीवन-दर्शन से दूर हुए
पर दूरदर्शन को पाया है
मानवता को मानव से खींच
भाईचारा तो खो ही गया जब
भाई को ही मिटाया है
एक-एक हम एक एक सब
अब एकता को ही मिटाया है
शुद्ध पानी को अशुद्ध किया
फिर मिनरल वाटर बनाया है
कोल्ड ड्रिंक से कोल्ड हुए हम
सब कुछ ओल्ड मिटाया है...
यह भी ओल्ड है, वह भी ओल्ड है

ओल्ड को बाल्ड बनाया है
धरती पर अब पाँव नहीं
खुद को मंगल तक पहुँचाया है...
आओ हम सब मिल कर सोचें

गंगा की बहती धारा पर
बाँध एक बनाया है
नदियों पर तो बाँध बंधे हैं
रिश्तों का बंधन हटाया है
सीमाओं पर तो सैनिक ताने
हर सीमा को मिटाया है
धरती पर अब पाँव नहीं हैं
खुद को मंगल तक पहुँचाया है
मानवता को मानव से खींच...
ग्लोबल-ग्लोबल करते-करते
गोला एक बनाया है
इस गोल-मोल में गुम हुए हम
खुद को भी भुलाया है
एक बार गिरें या बार-बार
ये भेद अब मिटाया है
अर्थ के अर्थ को समझ-समझ कर
खुद को अर्थहीन बनाया है...

आओ हम सब मिल कर सोचें
आजादी के नाम पर हमने
माया का पिंजरा बनाया है
कहने को आजाद हुए हम
पर खुद को यहाँ फँसाया है

एस. एम. एस. और एम. एम. एस. को
हमने खूब सजाया है
यह भी बनाया, वह भी बनाया
बस खुद को ही मिटाया है...
आओ हम सब मिल कर सोचें

महाभारत और रामायण को
हमने नहीं भुलाया है...
दुशासन और रावण तो
अब भी हमारा साया है
हर गली में रावण है
और हर घर में है दुशासन
टूट गया सिर्फ छूट गया
हमारा अपने मन पर शासन
साँस लेना भी भूल गए हम
अब योग शिविर लगाया है
यहाँ तो कुछ पल रुक जाओ
अब घर ने तुम्हें बुलाया है

आओ हम सब मिल कर सोचें...
मानवता को मानव से खींच....

दस्तक

आज इस दरवाजे पर
हुई एक दस्तक
और साधारण सा दिखता यह
अचानक लग रहा ऐतिहासिक
अनगिनत कहानियों से भरा
पूर्वज सा दिखता यह दरवाजा...
कुछ भी तो नहीं धुंधलाया
टूटी सड़क पर
जाने अनजाने चेहरों से
नजरें मिलवाता ये दरवाजा...
कड़ाके की ठंडक में
धूप दिखता ये दरवाजा...
और तपती दोपहरी में
राहत लाता ये दरवाजा...
रात के अन्धेरे में भी
चहल कदमी करता ये खुला दरवाजा...
बेनाम अतिथि को भी
बाँहों में भरता ये दरवाजा...
याद नहीं पहले तो
कब करते थे बंद दरवाजा...
न जाने इस खुले दरवाजे की
कितनी ही यादें...

बिना परदे के रहता था
ये खुला दरवाजा...
पर अब...
अब दिल दहला देता है
अक्सर दस्तक देता ये दरवाजा...
धीरे से उस छिद्र से
बाहर झाँकती मेरी आँखें...
दहशत से मेरे हाथों को
कंप-कंपा देता है ये बंद दरवाजा...
कितनी ही खिटिर-पिटिर से
डरता-डरता सा अब
खुलता है ये बंद दरवाजा...
दम घुटने पर भी अब
नहीं खुलता ये दरवाजा...
दिन दहाड़े सन्नाटे
बिखेरता है ये दरवाजा...
हर सुबह जाने वाले के साथ
ले जाता है मेरी साँसें
ये बंद दरवाजा...
दरवाजे के उस पार
आगंतुक में
पैदा करता है शक
ये बंद दरवाजा...
और फिर साँझ ढले

लौटा लाता है मेरी साँसें
ये बंद दरवाजा...
सच कितना अजीब सा हो गया है ये
अब रहता हरदम बंद दरवाजा
हरदम बंद रहता दरवाजा...

गंगा माँ

मैं पवित्र बनी रही
तुम्हारे पापों को ढकती रही
अनंत विषों को पीकर भी
रिसते घावों को धो कर भी
मैं मैली नहीं हुई...

पर देखो...
मेरे सीने में जाकर
अंबार लगा दिए हैं तुमने
गर्त के ढेरों के
जिन्हें अब भी ढक रखा है मैंने...

उफ़! कितने निष्ठुर हो तुम
पाषण से कठोर
न ओर देखते, न छोर...
मैं निशब्द सहती रही
और सदियाँ बीत गयीं...
जानते हो क्यूँ?

सोचा था, जीत पाऊँगी तुम्हें
पर तुम स्वार्थी, अहंकारी...
हर बार मुझमें डुबकी लगाते

मेरी ममता को छलते
फिर श्वेत वस्त्रों में
आगे निकल पड़ते...

मैं अपराध दोष से ग्रस्त हूँ
अपनों के बेगानेपन से त्रस्त हूँ
काश! तुमको रोक पाती
अपनी ममता का गला घोंट पाती
और मैं विष बन जाती...

पर न कर पाई,
क्यूँकि मैं एक माँ हूँ
भारत की माँ-तुम सबकी माँ
हाँ मैं हूँ... 'गंगा माँ'

हे राम! तुझे क्या जरा भी न दया आई?

हे राम ! तुझे क्या जरा भी न दया आई
कैसे दशहरे में खून की होली मनवाई
कहते हैं तू अन्तर्यामी, तू कालदृष्टा है
हमने तो सोचा तू ही हर नजारे का सृष्टा है...

कैसा ये लिखवाया तूने इक नया इतिहास
ठहरा दी कितने आँगन में अमावस की रात
दीवाली में उनकी जलेगा न अब दिया कोई
कितनी आँखें हमेशा ही रहेंगी रोयी रोयी...

तेरा ही उद्घोष, तेरी जय मनाने आए थे
तुझमें हैं विश्वास सब ये जताने आए थे...
आज तो हे राम तू भी बदनाम हुआ है
दिल में था तू, फिर भी कत्लेआम हुआ है...

चंद क्षण में बदल गया सारा नजारा
कोई समझ न सका ये किस धुएँ ने था घेरा
गूँजने लगी फिर हृदय विदारक चीत्कार
लाशों में तब्दील कितने ही परिवार...

वो रूदन दिल दहला देने वाला था
जर्रा-जर्रा रक्त से सींचा पड़ा था

तू है भाग्य-विधाता, ये सुना था
फिर तूने कैसा ये लेख लिखा था...

कितनी ही माँगो का उजड़ गया है कुमकुम
कितने ही मासूमों की बोली हो गयी गुमसुम
युगों-युगों से तेरे नाम की दे रहे सभी दुहाई
दिखलाओ अपने नाम की आदर्श सच्चाई...

लक्ष्मण की जां लौटायी जिस हनुमत वीर से
दिलवादे निजात कह सभी को भयंकर पीर से
सुन भाई का सर उसके धड़ से जुड़वादे..
इस माँ के लाल की उखड़ी साँसें मंगवादे...

इस मस्तक के नीचे आँखो का पता बता दे
उस माँ को लाश की शिनाख्त करवा दे
कौनसा लोथड़ा वो अपने घर ले जाये
क्यूँ वो जन कर भी निपुति कहलाये...

अब की राखी भाई की सूनी रहेगी कलाई
देख उसकी होने वाली थी कुड़माई
वो बेटा न दे पाया क्यूँ माँ को अन्तिम विदाई
हे राम! हे राम तुझे क्या न दया आई...

कहाँ था तू? तू तो पालनहार कहलाता
उस धड़धड़ाती मौत की रेल को रुकवाता
इस कलियुग में भी कुछ महिमा दिखलाता
अपने नाम का डंका फिर से बजवाता...

क्यूँ न रोका तूने मौत का वो खौफनाक मंजर
क्या ये देख तेरे दिल पे न चला कोई खंजर..
हे बाहुबली कहाँ गया तेरे शौर्य का चमत्कार
कलियुग में क्यों नहीं लिया तत्क्षण अवतार...

फिर भी देख इंसा है कितना लाचार
अब भी तुझसे ही करेगा विनती चार
तेरे इस दिये को अपना कर्म फल मानेगा
कल से फिर तेरे आगे ही शीश झुकाएगा...

औरत

हाँ दिखती हूँ
समुन्दर सी बिलकुल शांत
ओढ़कर हर सुबह एक
मुस्कराहट की चादर
उठाकर बोझ
सबकी उम्मीदों का
बाँध कर एक गठरी
अपनी आशाओं की
और मन में दबी कसी
अनगिनत इन खुली गिरहें
सब को समेट, सिमट कर
चल पड़ती हूँ सँवरी-सँवरी...
पर तुम उतर के तो देखो
गहराई में
नाप कर तो देखो
उन तूफानों को
जो हर पल हलचल करते हैं
मेरे अन्दर, मेरे सीने में
पर फिर भी रहती हूँ
समुन्दर के सतह सी...
क्योंकि औरत जो हूँ...
पर फिर अनायास

आ जाते हैं सैलाब
उजड़ जाती हैं ज़िंदगियाँ
जब आ जाती है सुनामी
मेरे वश में नहीं होता
कुछ भी अन्दर समेटना
बिखर बाहर आ जाता है सब...
मेरे भी सीने में धड़कता है कुछ
धौंकनी सी चलती हैं साँसें
मरते नहीं हैं अहसास
चाहे ना आवाज हो ना अलफाज
क्यूँकि मैं एक औरत हूँ....

यात्रा

आज वो ध्वस्त हुआ
टूट खण्ड-खण्ड हुआ
विराट से सूक्ष्म की
यात्रा पर जो मैं चला
अभिमान बिखर गया
स्वाभिमान निखर गया
फिर अनंत के सफ़र में
मेरा मन ज्यूँ बढ़ा....
शून्य की ओर गया
'स्व' स्वयं मिट गया
इक पल जो रुका
शांत चित्त हो गया...
पंच तत्व से बना मैं
अब मैं न मैं रहा
एक एक हर्फ मेरा
संवर गया, संवर गया...
सूक्ष्म अब खो गया
विराट में विलीन हुआ
पर क्यूँ वो स्वप्न था
न मिला, न रहा...

सृजन

मैं हूँ तुम्हारी सृजन...
हाँ तुम ही तो हो...
मेरी चाक
मेरी मिट्टी
मेरा कुम्हार...
तुम ही तो हो...
मेरा दिन
मेरी रात
मेरी साँझ...
हाँ, मैं तुम्हारी सृजन हूँ..
तुम ही तो हो...
मेरा दिल
मेरी साँसें
मेरी धड़कन...
तुमसे ही है...
मेरे सुर
मेरी ताल
मेरी आवाज...
हाँ, मैं तुम्हारी सृजन हूँ...
तुम ही तो हो...
मेरी बरखा
मेरा बसंत

मेरी बहार...
तुम ही तो हो...
मेरी हिम्मत
मेरी आशा
मेरा गरूर...
हाँ, मैं हूँ तुम्हारी सृजन
तुम ही रहते हो...
मेरी पूजा
मेरी तपस्या
मेरी साधना
तुम ही हो...
मेरी रचना
मेरे पंख
मेरी उड़ान...
हाँ, मैं हूँ तुम्हारी सृजन...
तुम ही...
मेरी धरती
मेरी सृष्टि
मेरा आकाश
हाँ तुम ही हो...
मेरे तर्पी
मेरे अंश
मेरे वंश...
हाँ, मैं हूँ तुम्हारी सृजन...

हाँ मैंने तो एक बार ही,
गढ़ा था तुम्हें...
अब गढ़ते रहते हो तुम
हर रोज मुझे...
हर पल, बार-बार
करते रहते हो
मेरी दुनिया
मेरी जिंदगी गुलजार...

भारत की नारी

जो अग्नि परीक्षा देती, वो चीर हरण सह लेती
कहीं और नहीं मिलती है, सुकोमल भारत नारी...
तुम विष वमन जब करते, वो नीलकंठ बन जाती
फिर भी वो कोकिला कंठी, अमृत रस ही छलकाती...

भरती रहती है हर पल, सब की खुशियों का प्याला
चाहे छलक रहे या हल्का, उसके अरमानों का प्याला...
अब भी छलती है उसको, दो शब्दों की मीठी बोली
खिलाती हैं उसकी बछियां, तेरे नाम की टीका-रोली...

तरी प्यार भरी वो नजरें, उसके चेहरे की लाली
अपने जीवन की आहुति, तेरे घर को ही दे डाली...
तेरे बिन माँगे ही अपना, सर्वस्व लुटा रही है
वो हर रूप में तेरी, दुनिया सजा रही है...

सहमी, सिकुड़ी, सकुचाती, तेरे अंगना में वो आती
खुले आसमाँ को छोड़ के, सारी रस्मों में बंध जाती...
पर अब वो तोड़ रही, तेरी बांधी वो जंजीरें
वो भी अब संभल रही है, पग रखती धीरे-धीरे...

सिर्फ आज नहीं अब हर पल, वो है नमन अधिकारी
तुझे बहुत दिया है उसने, अब तो है उसकी बारी...

रिश्ते का व्याकरण

कितने अरसे से
कितने बरसों से
कोमा में जी रहा था
एक रिश्ता...

आशा थी
कभी वो जी उठेगा
साँसों की गर्माहट पा
पूरा वाक्य बनेगा...

पर आज उसने
दम तोड़ दिया है
कोमा से
पूर्ण विराम हो गया है...

जड़

तुम जड़ हो गए
मुझे अँधेरे में धकेल दिया
मैं उतर गयी
अँधेरे की गहराई में...

नीर ले आयी
तुम्हारे लिए...

जड़ बन गयी
तुम्हारे जीवन की ...

चट्टान

वह चट्टान
चट्टान सी खड़ी थी बरसों से
चट्टान बनी रही
न जाने कितना ही पानी
छूकर गुजरता रहा उसको
कई थपेड़े भी मिले
पर जो फिर भी चट्टान ही...
फिर एक दिन
एक तूफ़ान...
बहाव की तेज गति...
कानों को चीरता हुआ शोर...
और पिघल गई चट्टान
टूट गई...
आखिर टूटना उसकी नियति जो थी
टूट ही गई...
बह ही गई...

मौन

मौन में भी
होती है इक आवाज...

ज्यूँ बंद आँखों में
सपनों की आहट...

ज्यूँ शान्त समुद्र के नीचे
लहरों की हलचल...

ज्यूँ मुस्कराते होठों के पीछे
दबी हुई असीम पीड़ा...

ज्यूँ संगमरमर के नीचे
दफ़न हुई इक लाश...

बस कोई सुन सके तो होती है
मौन की भी इक आवाज...

दिवा स्वप्न

आज का दिन बड़ा ही शुभ था
सारा जहाँ खुश ही खुश था...
समाचार पत्र के प्रथम पृष्ठ पर
एक हँसी का फव्वारा अंकित था...
न शोक समाचार, न सड़क दुर्घटना
न कोई आग में जला था...
माताजी ने आज बच्चों को
मेरे बिना ही स्कूल भेज दिया
महरी ने भी घर को
था शीशे सा चमकाया...
पिताजी बिना बोले ही
झोला भर सब्जी ले आये
पूजा से उठ कर माँ ने
मुझे चाय की प्याली थमाई...
बाहर रिम-झिम बारिश
और घर में अगरबत्ती की
खुशबू महक रही थी...
आज तो स्पीकर्स में भी
अनूप जलोटा के भजनों की
मोहक धुन बज रही थी...
सब कुछ कितना पवित्र
और आनंदमय लग रहा था...
दोनों बच्चों को भी कक्षा में
प्रथम स्थान मिला था
सबने मिल जुल कर

प्यार से जो बना खाया...
बच्चों ने भी घर में
कुछ नहीं था बिखराया
कवि सम्मेलन में भी आज मुझे
श्रेष्ठतम कवि था बतलाया...
शाम को पतिदेव कुछ
फिल्म की टिकटें ले आये थे
हँसते हँसते बच्चों को
शौपिंग भी करा लाये थे
आज बड़ा सकून था दिल को
पूरे हुए ज्यूँ सारे अरमान...
मेरी छोटी छोटी खुशियों का
वो दिन था बड़ा महान...
पर अचानक मेरी तन्द्रा टूटी
कानों में विस्फोटक आवाजें फूटी
इक पल में सब टूटा अविराम
घर के बाहर मचा था कोहराम
एक बस में था बम फटा
मानव जीवन था चीथड़ों में बंटा
मानवता हुई थी खिन्न-खिन्न
कितनों के सपने छिन्न-भिन्न
खून के छीटें उड़ कर
घर की दीवारों को रंग चुके थे
कौओं की काँव-काँव से
कान मेरे जल उठे थे...
चारों ओर रिश्तेदारों के रोने की आवाजें थी
राजनेताओं को दोषारोपण जारी था
जो भी वहाँ आता

बच कर गुजर जाता
कराहते हुए मानव के आगे
हाथ न एक बढ़ाता
कोई अपना तो नहीं
यह तसल्ली करता
और आगे बढ़ जाता...
एक आतंकवादी संगठन ने
विस्फोट की जिम्मेदारी ली
सरकार ने रटे रटाये शब्दों में
दुर्घटना की भर्त्सना की
जाँच कमेटी बैठाई...
लाशों का मुआवजा दिया
और अपने जरूरी कामों में लग गयी...
मेरी कल्पना का वो फव्वारा मिट चुका था
पूरा पत्र खूनी छीटों से रंग चुका था
हम सब घबराये से घर में बंद थे
घर में बच्चे काँपे से और दंग थे...
दरअसल वो ख़ुशी का दिन
था मेरा 'दिवास्वप्न'
जो,आज भी दिल में
बन के बैठा है मेहमान
बन बैठा है मेहमान...

किरदार

मैं, मैं नहीं
मैं हूँ सिर्फ
एक 'किरदार'
जीती हूँ किश्तों में
बेटी, बहन, माँ,
पत्नी या...
और एक दिन पूरी
चुक जाती हूँ,
क्यूँकि
मैं हूँ एक औरत...

बस परिवार चलाता हूँ

मैं बस एक
परिवार चलाता हूँ...
चलता हूँ, गिरता हूँ,
फिर संभलता हूँ
उठता हूँ
ख्वाहिशें मेरी अपनी
होती ही नहीं
तुम सब को सींच ही
मैं हरा हो जाता हूँ,
बिना कुछ बोले
एक कहानी
गढ़ जाता हूँ...

मैं सिर्फ एक
परिवार चलाता हूँ...

तमन्ना

एक दिन तुम करोगे
मेरा श्रृंगार
और मेरा सिर होगा
तुम्हारे कांधे पर...
कुछ खुशी के आँसूं होंगे
मेरे गालों पर
एक 'तमन्ना' थी...
आज पूरी तो हुई
तुमने श्रृंगार भी किया,
अपने हाथों से
कांधा भी दिया अपना
आँसूं भी हैं गालों पर...
फर्क बस इतना कि...
तुम्हारे कांधे के साथ,
और भी हैं तीन कांधे,
और मेरे आँसूं हैं
तुम्हारे गालों पर...

मेरी कविता

मेरी आवाज तू मेरा संवाद भी है
तू मेरे दिल की बात, मेरा प्रतिवाद है तू
मेरी अभिव्यक्ति का प्रकाश है तू
मेरा प्यार है, मेरा हर राज है तू...
मैं तुझमें हूँ, तू मुझमें है
मेरी राह तू, हमराह भी तू
मेरी साँसें तू, धड़कन भी है तू
मेरा सच भी तू, मेरी शक्ति भी तू...
बात बात में, आधी रात में
कुछ अजब सी, कुछ गजब सी
बन जाती है तू बिलकुल सहज ही
कभी अल्हड़, कभी चंचला तू
कभी सौम्या, कभी परिपक्व है तू...
पतझड़ सी झड़ती बसंत सी खिलती
सूखे मन को गीला कर जाती
अशांत मन को शांत कर जाती
शांति में खलबली मचाती...
कुछ गाती कुछ गुनगुनाती
कभी बन जाती प्यार की पाती
आती जाती सवाल उठाती
कभी स्वयं ही जवाब बन जाती...
बिलकुल यथार्थ की, बातें आस पास की

दिल दिमाग के सूक्ष्म एहसास की...
कभी कहती कोई व्यथा
हर लेती है हर दुविधा
तू है मेरी कविता
तू है मेरी कविता...

एक और निर्भया

क्यूँ मेरी जिंदगानी
कहानी हो गयी...

उजालों से निकली
अंधेरों में खोयी...
न जाने क्यूँ सबकी
जुबानी हो गई...
क्यूँ मेरी जिंदगानी
कहानी हो गई...

मासूम परिंदा था तड़पा
वहशी दरिन्दे ने नोचे
सारे पंखों की देखो
रवानी हो गई...
क्यूँ मेरी जिंदगानी
कहानी हो गई...

कटघरे में मैं आई
जो इंसाफ लेने
मुझे शब्दों से भेदा
जख्मों को कुरेदा...
लज्जा न आई

मैंने की थी दुहाई...
क्यूँ मेरी जिंदगानी
कहानी हो गई....

सपनों में सेहरा
न अब कोई आएगा
न कोई हाथों में
मेहंदी रचाएगा...
एक माँ की बेटी
वीरानी हो गई...
क्यूँ मेरी जिंदगानी
कहानी हो गई...

अँधेरा ही अब तो
निगल जाए मुझको
उजाले की ख्वाहिश
न होती है मुझको
अब तो ये बातें
पुरानी हो गई...

क्यूँ मेरी जिंदगानी
कहानी हो गई...

माँ का फर्ज

खूब कोसा था माँ मैंने तुझको
जब तूने कोख गिराई माँ
पर अब जाना क्यों उस दिन तूने
ममता का गला दबाया माँ...

शायद तूने झेला होगा
लड़की होने का हर्जाना माँ
बिटिया के लिए चुना तूने
ऐसा कोई अफसाना माँ...

सीता की अग्नि परीक्षा देखी
और द्रौपदी का चीर हरण माँ
तूने जग की रीत को समझा
धन्य मुझे बचाया माँ...

धरती पर अब भी जब पाया
दुशासन–रावण का साया माँ
तुमने शायद सह लिए जुर्म
पर बेटी को बचाया माँ...

तेरा स्वाभिमान से उठा मस्तक
जब दहेज़ बलि चढ़वाया माँ

भ्रूण हत्या का कलंक इसीलिए
अपने सिर लगवाया माँ...

अब मैं समझी कितनी पीड़ा से
तूने इस कली को तुड़वाया माँ
अपने आँगन की फुलवारी में
क्यों फूल नहीं उगाया माँ...

तेरे सहमे हुई नाजुक मन ने
शायद यही रास्ता सुझाया माँ
मुझे बचाकर इस दुनिया से
माँ का फर्ज निभाया माँ
तूने फर्ज निभाया माँ...

रिश्ते

रिश्ते होते हैं काँच से
दर्पण बन
दिखाते हैं प्रतिबिम्ब
हो जाए चूक गर
छूट जाते हैं हाथ से
बस फिर रह जाते हैं
किरच–किरच
चुभते रहते हैं ताउम्र...

आम बनाम खास

पतलून किसी की जब टाइट हो जाए
कपड़ों में उसके एक साल न ढूँढ पाए
तो फिर आम आदमी खास कहलाये...

पुराने पड़ोसियों को वो पहचान न पाए
घर के आगे गाड़ियों की कतार लग जाए
तो फिर आम आदमी खास कहलाए...

हाथों से वो खाना, खाना भूल जाए
कांटा-चम्मच उसे सहारा लगाए
तो फिर आम आदमी खास कहलाए...

हिंदी के शब्द वो बोलना भूल जाए
रात होने पर भी काला चश्मा उतार न पाए
तो फिर आम आदमी खास कहलाए...

बड़े बड़े लोगों से सिर्फ कनेक्शन रह जाए
अपॉइंटमेंट के बिना उससे कोई मिल न पाए
तो फिर आम आदमी खास कहलाए...

एसी में ही सोए और एसी में ही नहाए
एसी के बिना वो जी न पाए
सूरज की किरणें उसे जरा भी न भाए
तो फिर आम आदमी खास कहलाए...

सर्दी जुकाम होते ही डॉक्टरों की लाइन लग जाए
हाई प्रेशर और डायबिटीज स्टेटस सिंबल बन जाए
दवाइयों का एक डिब्बा पर्सनल असिस्टेंट साथ घुमाए
तो फिर आम आदमी खास कहलाए...

पर...
खासियत तो जिन खास बातों से आए
कुछ आम बातें ही खास को खास बनाए
ये छोटी सी बात भी जो मूर्ख समझ न पाए
वही आम आदमी अपने को खास बतलाए...

कविताएँ अब बंद हैं

अब कविता नहीं बनती
जमाना बदल गया है भई
अब कविता नहीं बनती...
कल्पनाओं में कुछ भी
रंगीन नहीं होता
ये बादल नहीं होते
वो इन्द्रधनुष नहीं बनती
धुआँ ही धुआँ
बस धुआँ ही धुआँ
हाँ भाई जमाना बदल गया है
अब कविता नहीं बनती...
मोबाइल्स की रिंग टोन्स में
दरवाजों की कालिंग बेल्स में
अब कविता नहीं बनती...
इन शहरों की ऊँची इमारतों बीच
जब सूर्योदय नहीं दिखता
सूर्यास्त नहीं दिखता
तो कविता नहीं बनती
अब कविता नहीं बनती...
आकाश में अब पतंगे नहीं दिखती
बैलून नहीं दिखते
लड़ाकू विमान और मिसाइल्स बीच

कविता नहीं बनती
अब कविता नहीं बनती...
समुद्र की प्यारी सी लहर जब
बन जाए सुनामी
बना दे लाखों के जीवन को
एक दर्द भरी कहानी
तो कविता नहीं बनती
हाँ कविता नहीं बनती...
किसने किसको 'किस' किया
जब समाचार हों ऐसे
तो भला अब बोल बने
कविताओं के कैसे...
दूध की क्या बात करें
पानी का भी मोल यहाँ
कविता की क्या बात करूँ
पहले वाला अहसास कहाँ
जमाना बदल गया है भाई
अब कविता नहीं बनती
हाँ कविता नहीं बनती...
हरिभजन को भूल गए हम
पॉप म्यूजिक में झूम रहे हम
बच्चे कहते क्या करते हो
अब भी हिंदी में कविता रचती हो?
सच में अब, कविता नहीं बनती

हाँ कविता नहीं बनती...
करडोमेटिक में दही जमता है
आटोमेटिक सारा खाना पकता है
जरूरत क्या है कविता की
दो टके में कवि बिकता है...
अब दरवाजे सब बंद हैं
पड़ोसियों से न कोई सम्बन्ध है
मेरी झोली में न अब कोई
बनते बिगड़ते छंद हैं
जमाना बदल गया है भाई
अब कविताएँ बंद हैं
अब कविता सब बंद हैं...

बेटी की पुकार

मेरा कसूर क्या है माँ?
हाथों में कलम के बदले
चूड़ियाँ क्यों थमाती हो?
मेरे सपनों के पर काट
मेरी बलि क्यों चढ़ाती हो?

गहनों की ये जंजीरें
मेरे पैरों में क्यूँ पहनाती हो?
मेरा कसूर क्या है माँ?

ये मंगलसूत्र और महावर
अभी मुझे नहीं भाते माँ...
ये खुला आसमान
मुझे बड़ा सुहाना लगता है माँ...
मैं भी उड़ना चाहती हूँ
ऊँचाइयों को छूना चाहती हूँ...

सावन के झूले से भी
ऊँची पेंगें भरनी हैं माँ...
क्यूँ नहीं माँ...
मेरा कसूर क्या है माँ...

पहले कुछ बन कर
कुछ होना चाहती हूँ...
बाबुल का नाम जग में
रौशन करना चाहती हूँ...

मुझे कलम की ताकत दो बाबा
मैं बेटा होकर दिखाना चाहती हूँ...

हाँ ! मैं भी पहनूंगी एक दिन
तेरे पसंद की लाल चूड़ियाँ माँ
माथे पर बड़ी सी बिंदिया
मैं भी सजाऊँगी...
तब वो पायल बेड़ी नहीं
और बिंदिया मेरे वजूद पर
एक चमकता सितारा होगा...

और... सिर्फ उसके नाम की
जो मेरे मन का साथी होगा
जो सिर्फ मेरा ही नहीं
मेरी माँ का भी बेटा होगा...

मेरा सर जब
स्वाभिमान से तना होगा माँ
लड़की के नाम पर

कहीं न झुका होगा माँ...
तुम्हारे जिगर का टुकड़ा हूँ मैं
मुझे भी परवान चढ़ने दो...

बचा लो मुझे माँ
इन रस्मों की बलि न चढ़ने दो...
बलि इन रस्मों की चढ़ने न दो...

माँ

तुम्हारे रूखे पन से
जिसका सब कुछ सूख गया
वो भावनाओं का सैलाब
होठों का पानी
कंठ के शब्द
गीली थी तो
सिर्फ आँखें
वो तुम्हारी माँ थी...

www.ingramcontent.com/pod-product-compliance
Lightning Source LLC
LaVergne TN
LVHW100559051026
849519LV00003B/1030
* 9 7 8 9 3 8 8 3 6 5 7 4 1 *